霍格沃茨魔法学校图书馆财产

借阅者姓名	归还日期
R Weasley stinks	overdue 08 JAN
n longbottom	18 FEB
S. Bones is gr8	04 MAR
H. Granger	14 MAR
Padma Patil	24 MAR
E Macmillan	29 MAR
M. Bulstrode	13 APR
H. Granger	02 MAY
D. Malfoy	05 MAY

警告：如果你划破、撕破、折损、弄脏、毁坏、抛掷、跌落或者以其他任何方式破坏、虐待或亵渎此书，我将在我权力范围之内让你承担最可怕的后果。

霍格沃茨图书馆管理员

伊尔玛·平斯

神奇的魁地奇球

赞 语

肯尼沃思·惠斯普的辛勤研究成果，打开了此项巫师体育运动迄今未知事实的真正宝库。

一本引人入胜的书。

——《魔法史》作者巴希达·巴沙特

惠斯普创作了一本令人愉悦之至的书；魁地奇球迷定然会发现此书既富教育意义又具娱乐功效。

——《飞天扫帚大全》编辑

魁地奇球起源及其发展史的巅峰之作。备享盛誉。

——《击球手的圣经》作者布鲁特·斯克林杰

惠斯普先生前途无量。如果他继续好好干，总有一天，他将有机会与我合影！

——《会魔法的我》作者吉德罗·洛哈特

随你用什么打赌，它都会成为一部畅销作品。来吧，我和你打赌。

——英格兰队、温布恩黄蜂队击球手卢多·巴格曼

我读过比这更糟的。

——《预言家日报》记者丽塔·斯基特

神奇的魁地奇球

WIZARDING WORLD
魔法世界

"哈利·波特"系列作品

哈利·波特与魔法石

哈利·波特与密室

哈利·波特与阿兹卡班囚徒

哈利·波特与火焰杯

哈利·波特与凤凰社

哈利·波特与"混血王子"

哈利·波特与死亡圣器

哈利·波特与被诅咒的孩子

全彩绘本系列

哈利·波特与魔法石

哈利·波特与密室

哈利·波特与阿兹卡班囚徒

哈利·波特与火焰杯

(吉姆·凯 绘)

哈利·波特与凤凰社

(吉姆·凯 尼尔·帕克 绘)

"哈利·波特"衍生作品

(以下三本属于"霍格沃茨图书馆"系列)

神奇动物在哪里

神奇的魁地奇球

(用于资助喜剧救济基金会和"荧光闪烁")

诗翁彼豆故事集

(用于资助"荧光闪烁")

J.K. 罗琳
神奇的魁地奇球

〔英〕肯尼沃思·惠斯普 著

一目 译

联合出版

WhizzHard Books

伦敦，对角巷129B

人民文学出版社

著作权合同登记号　图字01—2021—7371

Original Title - Quidditch Through the Ages

First published in Great Britain in 2001 by Bloomsbury Publishing Plc

Text copyright © J.K. Rowling 2001
Cover illustrations by Jonny Duddle copyright © Bloomsbury Publishing Plc 2017
Interior illustrations by Tomislav Tomic copyright © Bloomsbury Publishing Plc 2017
The moral rights of the author and illustrators have been asserted.

Harry Potter characters, names and related indicia are
trademarks of and © Warner Bros. Entertainment Inc.
All rights reserved

All rights reserved
No part of this publication may be reproduced or transmitted by any means, electronic, mechanical, photocopying or otherwise, without the prior permission of the publisher.

Comic Relief (UK) was set up in 1985 by a group of British comedians to raise funds for projects promoting social justice and helping to tackle poverty. Monies from the world-wide sales of this book will go to help children and young people in the UK and around the world, preparing them to be ready for the future – to be safe, healthy, educated and empowered.

Comic Relief (UK) is a registered charity: 326568 (England/Wales); SC039730 (Scotland).

Named after the light-giving spell in the Harry Potter books, Lumos was set up by J.K. Rowling to end the use of orphanages and institutions for vulnerable children around the world by 2050 and ensure all future generations of children can be raised in loving families.

Lumos is the operating name of Lumos Foundation, a company limited by guarantee registered in England and Wales, number 5611912. Registered charity number 1112575.

图书在版编目（CIP）数据

神奇的魁地奇球：插图版/（英）肯尼沃思·惠斯普著；一目译.—2版.—北京：人民文学出版社，2017（2025.8重印）
（霍格沃茨图书馆）
ISBN 978-7-02-013552-3

Ⅰ.①神… Ⅱ.①肯…②一… Ⅲ.①童话—英国—现代 Ⅳ.①I561.88

中国版本图书馆CIP数据核字（2017）第296586号

责任编辑	翟　灿	字　数	46千字
美术编辑	刘　静	开　本	850毫米×1092毫米　1/32
责任印制	苏文强	印　张	4.5
		印　数	227001—233000
出版发行	人民文学出版社	版　次	2001年10月北京第1版
社　　址	北京市朝内大街166号		2018年3月北京第2版
邮政编码	100705	印　次	2025年8月第30次印刷
印　　刷	北京盛通印刷股份有限公司	书　号	978-7-02-013552-3
经　　销	全国新华书店等	定　价	45.00元

如有印装质量问题，请与本社图书销售中心调换。电话：010—59905336

感谢J.K.罗琳创作了这本书,并慷慨地将她从中获得的全部版税收入捐给英国喜剧救济基金会和"荧光闪烁"慈善组织。

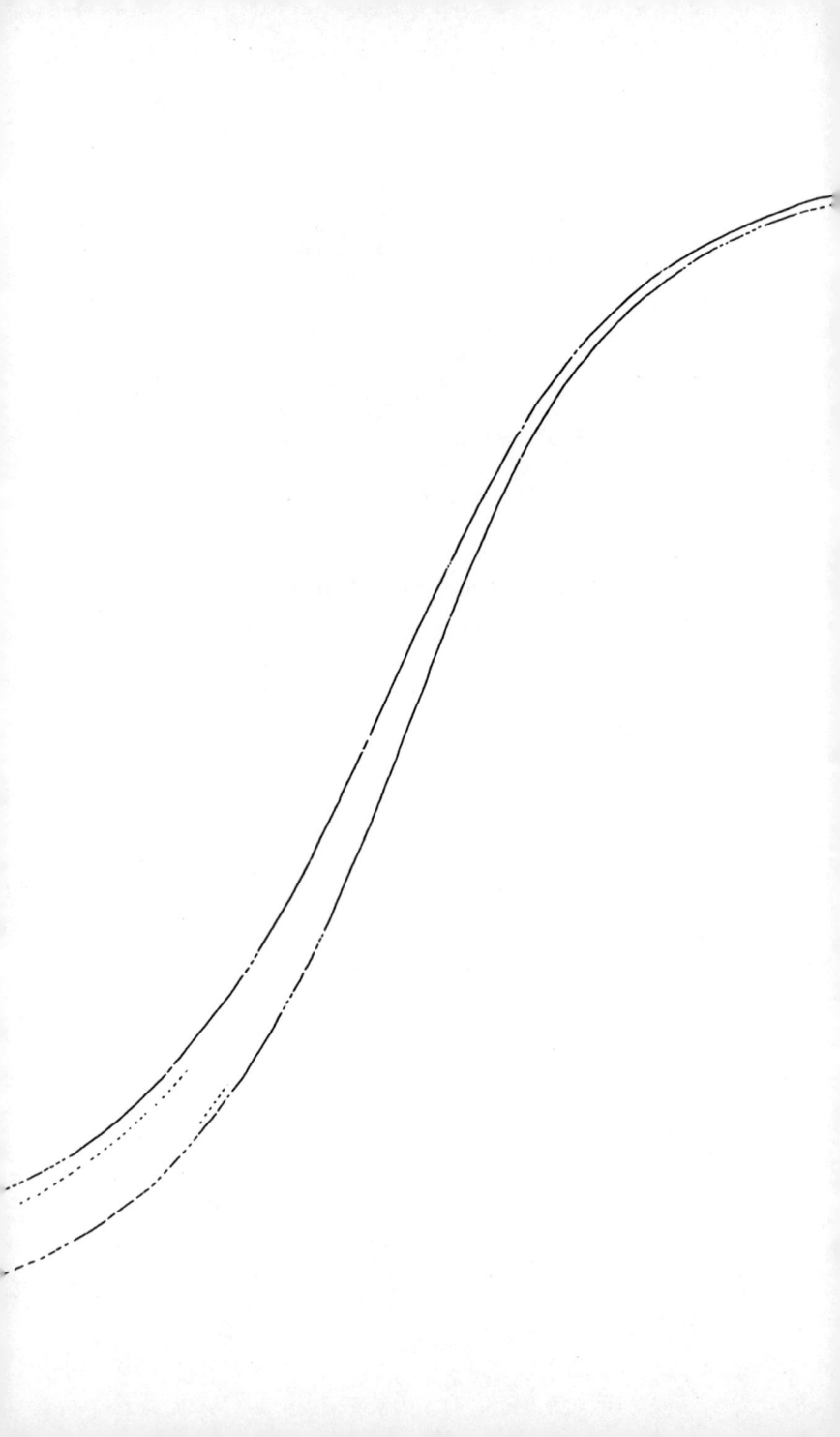

目 录

序言	I
1. 飞天扫帚的演变	7
2. 古代扫帚游戏	13
3. 来自魁地沼的游戏	21
4. 金色飞贼的出现	29
5. 防备麻瓜的措施	39
6. 十四世纪以来魁地奇的演变	45
球场	47
球	52
球员	56
规则	61
裁判	68
7. 不列颠和爱尔兰的魁地奇球队	71
8. 魁地奇普及世界	89
9. 比赛扫帚的发展	109
10. 魁地奇的今天	119
关于作者	129

序 言

《神奇的魁地奇球》是霍格沃茨魔法学校图书馆中最受欢迎的图书之一。我们的图书管理员平斯女士告诉我,这本书简直每天都要"被毛手毛脚地翻来翻去,被滴上哈喇子,受到大家的虐待"——无论对哪本书来说,这都是褒扬之辞。凡是经常玩或看魁地奇球的人都会喜欢惠斯普先生的这本书,而我们当中那些对更广阔的魔法史感兴趣的人也会喜欢这本书。由于我们发展了魁地奇运动,这种运动也发展了我们;魁地奇球把各行各业、不同性别的巫师联合在一起,让我们一起分享那狂喜、胜利以及(对那些支持查德里火炮队的人来说)

神奇的魁地奇球

绝望的时时刻刻。

我必须坦白承认,我颇费周折,才说服平斯女士拿出了她的一本书,把它复制出来,供更多的人阅读。实际上,在我告诉她这本书将被制作出来让麻瓜们阅读的时候,她一时没有说话;好几分钟,她一动不动,连眼睛都没有眨一下。等她意识到是怎么一回事时,她倒挺体贴人,问我是不是犯了疯病。我很高兴地让她对这件事放了心,接着向她解释我为什么做出这个前无古人的决定。

麻瓜读者们不需要我们对喜剧救济基金会和"荧光闪烁"慈善组织的工作做任何介绍,为了那些已经购买了这本书的巫师们,我现在重复一遍向平斯女士所做的解释。喜剧救济基金会以一种最富想象力的方式,利用笑声与贫困、不公做斗争;利用它来募集资金,以拯救生命和改善生活——我们全都渴望这样一种魔法。而"荧光闪烁"慈善组织会让光亮照进最黑暗的地方,让人们看到那些被隐藏起来的孩子,并引领他们回家。通过买这本书——我建议你买,因为如果你读了太长的时间还不交钱,你

序　言

会发现自己成了偷窃咒的目标——你也会对这一神奇的使命做出贡献。

如果我说我的解释让平斯女士高高兴兴地把一本图书馆的书交给了麻瓜，那么我是在欺骗我的读者。她提出了好几个变通的办法，比如告诉喜剧救济基金会和"荧光闪烁"慈善组织的那些人，图书馆已经被烧毁，或者干脆假装我暴病而亡，什么交代也没有留下。当我告诉她，我还是喜欢我最初的计划，她才勉强把这本书交给了我，可在她放手的关键时刻，她反悔了，我不得不将她的手指一根一根地从书上掰开。

虽然我已经把这本书上那些一般的咒语去掉了，但是我不能保证它上面一点儿痕迹也没留下。大家都知道，平斯女士在管理图书馆期间，给图书馆的图书都额外施上了非同寻常的咒语。去年，我独自一人心不在焉地在一本《变质变形理论》上胡写乱画，下一秒就发现那本书在我脑袋周围绕着圈儿地狠狠敲打我。请小心对待这本书。不要把书页撕下来。不要把它掉进洗澡水里。我不能保证平斯女士不会

神奇的魁地奇球

劈头盖脸地扑向你，不管你在哪儿，她都要重重地处罚你。

余下来我要做的事情就是感谢你对喜剧救济基金会和"荧光闪烁"慈善组织的支持，还有恳求麻瓜们不要在家中玩魁地奇球；当然，它完全是一项虚构的体育项目，没有人真的玩过它。另外，借这个机会，我祝愿普德米尔联队在下一个赛季中成为命运的宠儿。

阿不思·邓布利多

1

飞天扫帚的演变

到目前为止，巫师们还没有发明任何咒语可以让他们不借助任何工具以人的形式飞行。那些为数不多的阿尼马格斯变形为带翅膀的动物后，可以享受飞行的乐趣，但他们毕竟是凤毛麟角。那些发现自己变形成了蝙蝠的巫师可以尽情飞翔，但是由于有了蝙蝠的脑袋，他们定然会在飞翔的时候忘记他们想去的地方。在空中飘浮是司空见惯的事情，但是我们的祖先不满足于只在离地面五英尺的高度盘旋，他们想飞得更高。他们想像鸟儿一样自由地飞翔，却不想有身上长羽毛的麻烦。

现在，我们对这样一个事实已经熟视无睹，英

神奇的魁地奇球

国的每一个巫师家庭都至少拥有一把飞天扫帚，可我们很少停下来问一问自己：这是为什么？为什么那不起眼的扫帚作为巫师的交通工具，会成为一种法律许可的物件？为什么我们西方人不使用我们东方兄弟如此喜爱的飞毯呢？为什么我们不愿意拿出飞桶、飞椅、飞澡盆——为什么是扫帚呢？

巫师们很精明，早已明白他们的麻瓜邻居如果知道了他们的全部家底，就会想方设法利用他们的本领，所以巫师们在《国际保密法》实施以前，长期偏居一隅，不愿和人交往。如果巫师们想在自己的家里拥有一种飞行工具，那么这种东西必然是一种谨慎的玩意儿，一种容易藏起来的玩意儿。扫帚是最理想的了；它不但携带方便，而且价钱便宜，即使被麻瓜们发现了，也不需要做什么解释，找什么借口。然而，最初那些为了飞行目的而被施了魔法的扫帚却有不足之处。

有记录表明，欧洲的巫师早在公元962年就开始使用飞天扫帚了。当时一份德国的泥金装饰手稿中写道：三名术士从他们的扫帚上下来，一个个脸

飞天扫帚的演变

上都带着极不舒服的表情。苏格兰巫师古特利·洛赫林，在他1107年所写的文章中提到他骑着扫帚从蒙特罗斯飞到阿布罗斯时遭受的痛苦："满屁股都扎着尖刺儿，还长出了疙瘩。"而且，这一段路程并不远。

伦敦魁地奇博物馆里展出的中世纪飞天扫帚让我们对洛赫林的痛苦有了一个认识（参见图1）。一根没有抛光的粗粗的白蜡木棍，疙疙瘩瘩，一端随随便便地绑了几根榛树的细枝，既不舒服也不符合空气动力学。在它上面施用的是一些基本的咒语：它只会以一种速度向前飞行；可以上升、下降和停止。

那个时候，每一个巫师家庭都自己制作扫帚，因

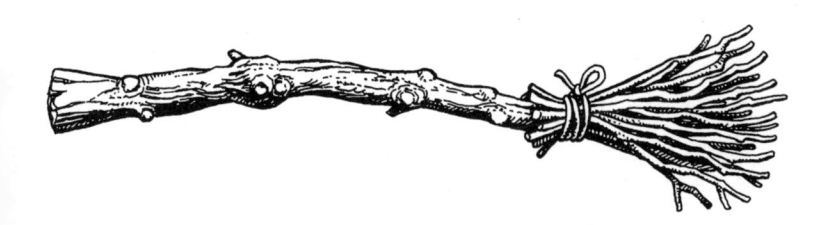

图1

此，各家的扫帚在速度、舒适程度和操纵方式上千差万别。然而，到了十二世纪，巫师们学会了物物交换，所以一个熟练的扫帚制造工匠可以拿自己的扫帚去向他的邻居换取可能比他自己调制得更好的药剂。扫帚柄一旦变得舒服了，巫师们就开始骑着它们飞行取乐，而不再把它们仅仅用作从甲地到乙地的工具。

2

古代扫帚游戏

扫帚刚一开始得到改进，足以让飞手们可以转弯、变换速度和高度，扫帚游戏差不多就在这时出现了。早期的巫师文学和绘画作品让我们对我们祖先所从事的体育运动有了一些了解。那些运动有的已经不复存在，有的保留了下来，或者演变成了今天我们所知道的运动。

瑞典著名的**扫帚年赛**可追溯到十世纪。飞手们从科帕尔贝里飞往阿尔耶普卢格，全程三百英里多一点儿。比赛的路线径直穿过一个火龙保护区，巨大的银制奖杯形状像一条瑞典短鼻龙。现在，扫帚年赛已经成为国际赛事，各国的巫师每年云集于科

神奇的魁地奇球

帕尔贝里，为参赛运动员们欢呼喝彩，然后在阿尔耶普卢格幻影显形，祝贺那些胜利者。

创作于1105年的著名绘画作品《"暴力手"甘特是赢家》，表现了古代德国**护柱戏**的情景。一根二十英尺的柱子顶端放着一个充气的火龙膀胱。一名运动员骑在一把扫帚上，任务是保护那个火龙膀胱。这位膀胱守护人腰间系着一根绳索，被拴在那根柱子上，这样他或者她就无法飞到柱子十英尺以外的地方。其余的运动员将轮流飞向那个膀胱，设法用他们那特意削尖的扫帚柄头刺穿它。那位膀胱守护人可以使用魔杖驱逐那些进攻者。等到膀胱被成功地刺穿，或者膀胱守护人成功地用咒语把所有的对手都击出赛场或是累得精疲力竭、再也骑不了扫帚时，比赛便告结束。护柱戏在十四世纪的时候消亡。

在爱尔兰，**高跷火桶**曾经繁荣一时，成了许多爱尔兰民谣反复吟唱的主题（传奇巫师"无畏者"芬戈尔据传曾是高跷火桶的冠军）。参赛者一个接一个地带着"多姆"，也就是球（实际上是山羊的

Günther der Gewalttätige ist der Gewinner

神奇的魁地奇球

胆囊），快速穿过一连串以高跷支着、高高悬在空中的燃着火的木桶。以最快的速度成功地让多姆穿过所有木桶的选手，如果一路身上没有着火，就是胜利者。

苏格兰是**头顶坩埚**的发源地——这种游戏很可能是所有扫帚游戏中最危险的一种。头顶坩埚成了十一世纪一首盖尔语悲剧诗的主角，那首诗的第一节译文是这样的：

> 十二名英俊强健的儿郎云集赛场，
> 皮带上拴着坩埚静静地等待飞翔。
> 听到一声号响，他们迅速蹿向天空，
> 可是，十名英雄的健儿注定会死亡。

每位头顶坩埚的游戏选手都用皮带把一只坩埚拴在头上。一听到号角声或鼓声，那些一直悬在离地面一百英尺高的、多达一百块被施了魔咒的大小石块开始向地面砸下。选手们四下里起起落落，设法用他们的坩埚尽量多地接住一些石块。

古代扫帚游戏

许多苏格兰巫师认为，头顶坩埚是对男子汉气概和勇气的最大考验，因而它在中世纪相当普及，颇受欢迎；可是它造成的伤亡人数十分庞大。头顶坩埚在1762年被定为非法体育运动，虽然"瘪头"马格纳斯·麦克唐纳在二十世纪六十年代率先发起运动，要求体育界重新开展这项体育运动，但是魔法部拒绝开禁。

空中碰撞在英格兰的德文郡曾经深受欢迎。它是马上长矛对击的原始形式，唯一的目的就是尽可能多地把其他运动员从他们的扫帚上击落下去，最后一个留在扫帚上的人就是胜者。

倒骑扫帚最初是从赫里福德郡开始兴起的。像护柱戏一样，这项运动中也有一个充气的膀胱，通常是猪膀胱。运动员们倒骑着扫帚，在一圈树篱之间用扫帚有枝穗的一端来回击打膀胱。没有击中膀胱的人就会让对手得分，最先达到五十分者就是赢家。

现在英格兰仍然有倒骑扫帚这项运动，但是它从来没有得到过广泛的普及；空中碰撞只是作为孩

神奇的魁地奇球

子们玩的游戏保留了下来。然而,在魁地沼创立的一项运动终于有一天成了巫师世界最受欢迎的体育运动。

3

来自魁地沼的游戏

我们现在对魁地奇刚出现时的情况能有一些了解，应归功于十一世纪的巫师格蒂·基德尔留下来的文字，她当时就住在魁地沼的边上。对我们来说，幸运的是她记了一本日记，现在她的日记就陈列在伦敦的魁地奇博物馆里。

下面的几个片段就是从那错误百出的撒克逊语原稿翻译过来的：

星期二。天气炎热。来自沼泽那边的许多人又玩起来了。他们骑着扫帚玩着一种愚蠢的游戏。一只皮革做的大球掉进了我的甘蓝菜地中。

神奇的魁地奇球

我对那个来找球的人施了魔咒。我想看到他腿肚子朝前飞起来,那头毛乎乎的大公猪。

星期二。空气潮湿。出去到沼泽地上采荨麻。骑扫帚的白痴们又玩起来了。我躲在一块岩石后面看了一会儿。他们弄来了一只新球。大家将球扔来扔去,试图把它插到沼泽两头的树上。毫无意义的胡闹。

星期二。有风。格温格来喝荨麻茶,然后邀请我出去吃饭。最后看了那帮傻瓜在沼泽地上玩游戏。住在小山上的那个大块头苏格兰男巫在那儿。现在他们弄来了两块沉甸甸的大石头在天上飞来飞去,试图把他人从扫帚上撞下来。遗憾的是,在我看他们玩的那会儿,这事没有发生。格温格告诉我,她自己也经常玩儿。厌恶地回家。

这些片段透露的可比格蒂·基德尔能想到的要多得多,绝不只是说明,她只知道一个星期当中一天的名字。首先,那只掉进她甘蓝菜地里的球是皮革做的,和现在的鬼飞球一样——自然啦,当时其

来自魁地沼的游戏

他扫帚比赛中用的充气膀胱难以做到准确无误地投掷，特别是在有风的天气里。第二，格蒂告诉我们，那些人正"试图把它插到沼泽两头的树上"——显然那是早期得分的形式。第三，她让我们瞥见了游走球的前身。极为有趣的是，有一个"大块头苏格兰男巫"在场。他可能是一名头顶坩埚游戏运动员？将沉甸甸的石头施上魔法让它们在球场周围危险地飞来飞去是他的主意吗？莫非他受到了他家乡游戏中使用大石块的启发？

直到一个世纪以后，一个叫古德温·尼恩的巫师拿起他的羽毛笔写信给他的挪威表兄奥拉夫，我们才发现人们进一步提到了魁地沼上进行的这项体育运动。尼恩住在约克郡，这证明在格蒂·基德尔目睹了这项运动之后的一百年里，它已经在不列颠普及了。尼恩的信现存放在挪威魔法部的档案卷宗里。

亲爱的奥拉夫：

你好吗？我还不错，尽管甘比尔达感染了轻度龙痘。上个星期六的晚上，我们好好来了一场

神奇的魁地奇球

激烈的魁地奇比赛,不过可怜的甘比尔达没能担当抓球手,我们只得找铁匠拉多尔来代替她。来自伊尔克利的球队玩得不错,但他们不是我们的对手,我们经过一个月的苦练,得分四十二次。拉多尔脑袋被游游球击中了,因为老乌加的短棍出手不够快。那些崭新的得分木桶很好使。每根高跷的顶端放着三只,小酒店的乌娜给我们的。因为我们赢了这次比赛,她让我们整晚免费畅饮蜂蜜酒。甘比尔达有点儿生气,因为我回来得太迟了。我不得不猫腰躲过了几个可恶的咒语,但是我现在已经拿回了我的手指。

我派我最好的猫头鹰送这封信,希望它成功。

你的表弟

古德温

从这封信中,我们看到了一个世纪以来这种游戏所取得的进步。古德温的妻子一定当过"抓球手"——很可能是追球手的旧称。那个击中了铁匠拉多尔的

来自魁地沼的游戏

"游游球"（毫无疑问是游走球），本来应该被拿着一根短棒的乌加挡开，他显然充当的是击球手。球门不再是树，而是高跷上放着的木桶。然而，这种游戏中的一个关键因素还是没有出现：金色飞贼。直到十三世纪中叶，这第四只魁地奇球才进入了这种游戏，而且事情的经过说来奇怪。

＃ 金色飞贼的出现

从十二世纪初起，捕猎飞侠广受巫师们的欢迎。金飞侠（参见下页图2）在今天成了保护物种，但当时，金飞侠在北欧很普遍。不过，麻瓜们很难察觉到它们，因为它们善于隐藏，而且行动神速。

飞侠的身体较小，再加上在空中异常敏捷，还有躲避捕猎者的天赋，所以哪个巫师要是抓到一只金飞侠，他就会声名鹊起。从魁地奇博物馆中保存的一件十二世纪的挂毯上可看到一群人出发去捕捉一只飞侠的情景。在挂毯的第一部分，一些猎手带着网具，另外一些拿着魔杖，还有一些试图赤手

神奇的魁地奇球

空拳去抓那只飞侠。挂毯揭示了这样一个事实:飞侠时常会被捕捉它的人压扁。在挂毯的最后一部分,我们看见那个抓住了飞侠的巫师拿到了一袋金子。

从很多方面看,捕猎飞侠都应该受到谴责。每

图2

金色飞贼的出现

一个有正义感的巫师都必须谴责这种假借体育运动的名义毁灭那些热爱和平的小鸟的行为。此外，捕猎飞侠常常是在光天化日之下进行，与其他任何追逐行为相比，会让更多的麻瓜看见空中飞行的扫帚。然而，当时的巫师议会没能遏制这项体育运动的流行——实际上，巫师议会似乎并没有看到它有什么不妥，可我们应该看到。

最后，在1269年的一场由巫师议会主席巴伯鲁·布雷格亲自出席的比赛中，捕猎飞侠的做法偶然进入了魁地奇。我们现在能知道这一点，是因为有目击者的记述。肯特郡的莫迪斯·拉布诺女士目睹了这一切，并写信告诉了她在阿伯丁的姐姐普鲁登丝（这封信现在也在魁地奇博物馆中展出）。根据拉布诺女士的叙述，布雷格带了一只装在笼子里的金飞侠来到比赛现场，告诉集聚在赛场的运动员们，谁在比赛中抓住飞侠，他就奖给谁一百五十加隆[①]。

[①] 相当于今天的一百多万加隆。布雷格主席是否有意支付这笔钱成了一个悬而未决的问题。

神奇的魁地奇球

拉布诺女士解释了接下来发生的事情。

　　运动员们齐刷刷地飞向空中,把鬼飞球撇在了一边,躲避着游游球。两个守门员也放弃了球门筐子,加入了捕捉金飞侠的行动。那只可怜的小飞侠在球场上蹿上冲下,择路逃跑,但是观众席上的巫师们用驱避咒迫使它回到了球场上。唉,普鲁登丝,你知道我对捕捉飞侠这种事情的看法是怎样的,你也知道我脾气来了的时候会变成什么样子。我跑向球场,尖叫起来:"布雷格主席,这不是体育运动!让那只飞侠走吧,让我们观看我们大家来这里要看的那高尚的魁地奇吧!"如果你相信我的话,普鲁登丝,那个畜生只是大笑,把那只空鸟笼向我扔了过来。唉,我气得眼冒金星,普鲁登丝,我真的气坏了。等到那只可怜的飞侠向我飞过来时,我施了一个召唤咒。你知道我的召唤咒练得多好,普鲁登丝——当然啰,因为我当时不是骑在扫帚上,所以瞄准起来更容易。那只小鸟径直落在了我

金色飞贼的出现

的手里。我把它塞进我长袍的前襟里,疯狂地跑了起来。

唉,他们把我抓住了,但是我已经跑出人群把飞侠放飞了。布雷格主席非常生气,有那么一会儿,我想我要变成一只长着犄角的癞蛤蟆了,也许会更糟。但是幸运的是,他的顾问们平息了他的火气,我只是被罚了十个加隆,作为对我扰乱比赛的惩罚。当然,我一辈子什么时候有过十加隆啊,所以我的老家没了。

我要来和你暂住,幸运的是,他们没有带走我的鹰头马身有翼兽。另外,我还要告诉你一点,普鲁登丝,如果我有一票的话,布雷格主席会失去它。

爱你的妹妹
莫迪斯

拉布诺女士的勇敢行为或许是救了一只飞侠的命,但是她救不了所有飞侠的命。布雷格主席的主意从此改变了魁地奇的性质。很快,在所有的魁地

神奇的魁地奇球

奇比赛中,都会放出一只金飞侠,每支球队必须派出一名运动员(猎手),他责无旁贷的任务就是捉住金飞侠。什么时候那只小鸟被杀死,什么时候比赛结束,捉到飞侠的那支球队就被额外奖给一百五十分,以此纪念布雷格许诺的那一百五十加隆。观众承担了运用拉布诺女士提到的驱避咒不让飞侠飞出球场的任务。

然而,到了下一个世纪的中叶,金飞侠数量已经少得可怜。巫师议会——现在由开明得多的艾芙丽达·克拉格领导,让金飞侠成了一种受保护的鸟儿,宣布凡猎杀金飞侠和在魁地奇比赛中使用金飞侠都属非法行为。萨默塞特建立了莫迪斯·拉布诺飞侠保护区,但为了使魁地奇这项体育运动能够继续进行,人们疯狂地寻找一种可以替代这种鸟儿的东西。

金色飞贼是戈德里克山谷的巫师鲍曼·赖特发

金色飞贼的出现

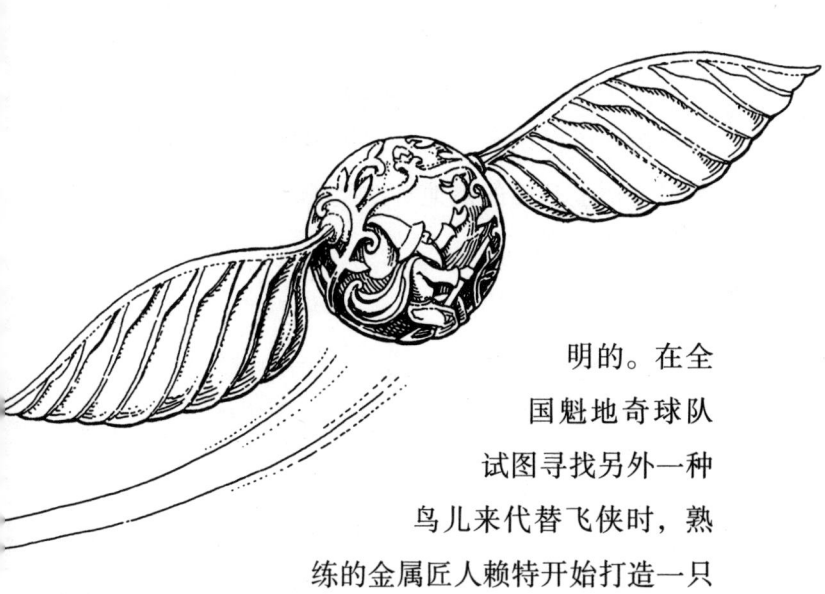

明的。在全国魁地奇球队试图寻找另外一种鸟儿来代替飞侠时，熟练的金属匠人赖特开始打造一只金属球，并让这只球模拟飞侠的行为和飞行方式。他成功了，做得完美无缺，这从赖特死后留下的许许多多的羊皮纸卷（现在归一个私人收藏家所有）就可以清楚地看出来。羊皮纸卷上面开列着他收到的来自全国各地的订购细目。鲍曼管自己的发明叫金色飞贼，这是一个胡桃大小、重量和飞侠一模一样的金属球。它的翅膀是银子做的，像飞侠的翅膀一样，连接身体的关节可以旋转，可以让那只球以闪电般的速度和飞侠所具有的精确度改变方向。

神奇的魁地奇球

与飞侠不同的是,飞贼被施了魔咒,不会跑到球场的外边。可以说金色飞贼的运用,完成了三百年前在魁地沼上开始的魁地奇的漫长演变过程。真正的魁地奇诞生了。

5

防备麻瓜的措施

巫师扎亚斯·蒙普斯于1398年第一次完整地记录了魁地奇比赛。他在他的记录中开门见山地强调，比赛期间需要有防备麻瓜的安全措施：

选择远离麻瓜居住区的荒无人烟的野地，确保骑上扫帚飞起来的时候不会被麻瓜们看见。如果你正在修建一个长期使用的球场，麻瓜驱逐咒是一道有用的咒语。在夜晚举行比赛也是明智之举。

神奇的魁地奇球

我们推想，人们并非总是听从蒙普斯的高见，因为巫师议会在1362年规定，在距任何城镇五十英里之内的地方举行魁地奇比赛都是违法的。显然，这种游戏正在迅速普及，因为巫师议会觉得有必要在1368年修订那道禁令，宣布在距一个城镇一百英里之内的地方玩这种游戏也是非法的。1419年，议会发布了以措辞严厉著称的法令："凡是麻瓜们稍有可能看到比赛的地方都不得进行比赛，否则我们会看看，你被链子锁在地牢的墙上打球打得如何。"

正如每个学龄巫师知道的那样，我们骑在扫帚上飞行这个事实很可能是最不秘密的秘密。麻瓜们关于女巫的插图没有哪一幅不是画着一把扫帚的。不管这些图画有多荒谬（麻瓜们描绘的扫帚没有哪一把能够在空中停留片刻），它们提醒我们，许多世纪以来，我们都太大意，以至麻瓜们把扫帚和魔法必然地联系在一起，也并不令人惊讶。

直到1692年，《国际保密法》让所有的魔法部直接负责他们自己辖区内进行魔法体育运动时造成的后果，人们才开始采取足够的安全措施。在不列颠，

防备麻瓜的措施

随后成立了魔法体育运动司。从此以后,那些不把魔法部的方针政策当一回事的魁地奇球队被迫解散。这些事例当中最著名的就是班科里的班格斯球队。它是一支苏格兰球队。他们不仅因为拙劣的魁地奇球技而臭名远扬,而且他们赛后的庆祝形式也坏了他们的名声。1814年,在与阿波比飞箭队进行了一场比赛之后(见第7章),班格斯队不仅让他们的游走球陡直地飞向夜空中消失,而且还企图抓来一条赫布里底群岛黑龙作为他们球队的吉祥物。正当他们在因弗内斯上空飞行的时候,魔法部的代表逮捕了他们,班科里的班格斯队从此再也没有打过魁地奇。

如今魁地奇球队一般不就地打球,而是到魔法体育运动司建立的球场进行比赛,那里始终有足够的防备麻瓜的安全措施。正如扎亚斯·蒙普斯在六百年前所建议的,魁地奇球场建在渺无人烟的荒野中最安全。

6

十四世纪以来
魁地奇的演变

球　场

扎亚斯·蒙普斯描绘的十四世纪魁地奇球场是一个五百英尺长、一百八十英尺宽的椭圆形球场,球场中央有一个小圆圈(直径大约两英尺)。蒙普斯告诉我们,裁判（或者叫作魁裁,当时是这么称呼的）把四只球带到那个圆圈当中,十四名运动员站在他的周围。几只球一被放出来（鬼飞球由裁判抛出；见下文的"鬼飞球"),运动员便争先恐后地飞向空中。蒙普斯时代的球门还是柱子顶端放

神奇的魁地奇球

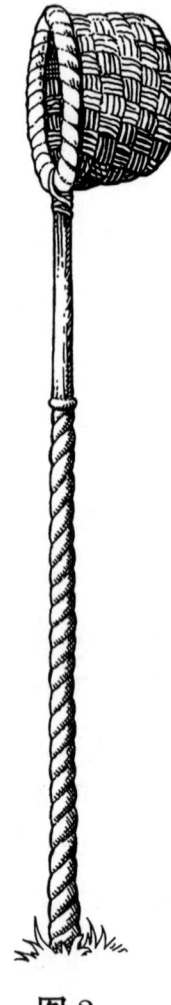

着的筐子，如图 3 所示。

1620 年，昆厄斯·乌姆弗埃维写了一本书叫作《男巫们的高尚体育运动》，书中有一张十七世纪魁地奇球场图（参见图 4）。从这张图上，我们看到增加了被我们称作得分区（见下文的"规则"）的区域。球门柱顶端的筐子小多了，也比蒙普斯时代的高得多。

到了 1883 年，筐子停止使用，取而代之的是我们今天使用的球门。这是一次革新，当时的《预言家日报》做了报道（见下文）。自那时起，魁地奇球场没再做过改变。

图 3

十四世纪以来魁地奇的演变

"把筐子还给我们！"

昨天夜里，举国上下听到的都是魁地奇运动员的喊叫声，因为事态已经明了：魔法体育运动司决定烧毁几个世纪以来在魁地奇运动中用来得分的筐子。

"我们不是在烧毁它们，不要夸大其词。"昨天夜里，当体育运动司的一位代表被要求就此事做出评论时，他怒容满面地说，"那些筐子，也许你们已经注意到，大小各不相同。我们发现不可能给筐子一个统一的标准，以此来使整个不列颠的球门大小相等。无疑你们能够明白，这事关公平。我的意思是，在北方靠近巴恩顿的地方有一支球队，他们将那些小而又小的筐子放在对手球队的门柱上，你都没法放进去一粒葡萄。可在他们自己的那一端，他们却挂起了那些柳条编的大筐。这样的做法不会再持续了。我们已经选定了一个大小固定的铁环，就这样。一切都不错，也公平。"

Diagram from 'The Noble Sport of Warlocks'

《男巫们的高尚体育运动》

球场图

Scoring area
得分区

Central circle for release of balls
抛球的中心圆圈

图 4

Goal baskets
球门筐

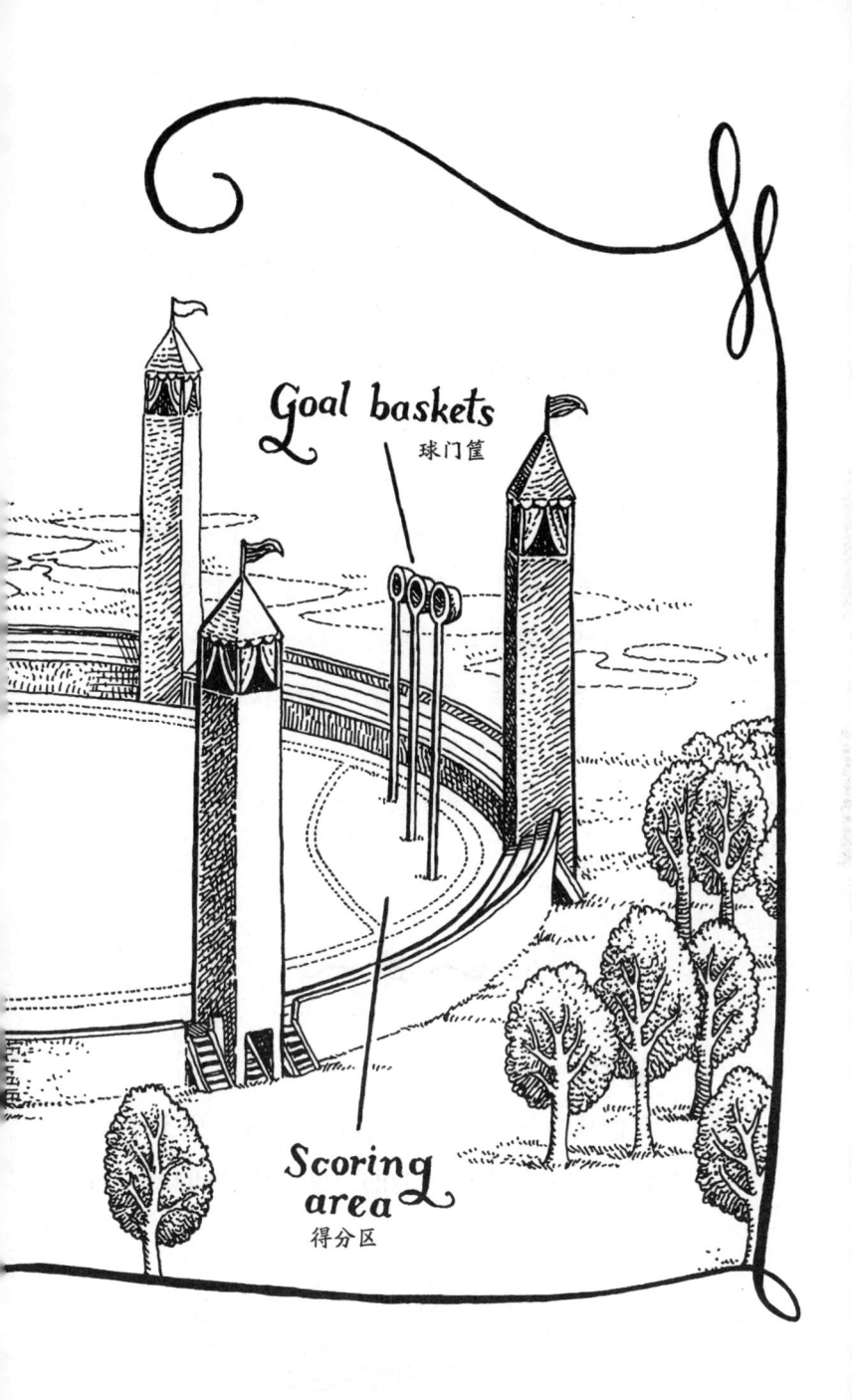

Scoring area
得分区

神奇的魁地奇球

说到这里，聚集在大厅里的愤怒的抗议者扔出大量筐子，司里的那位代表被迫一步步后退。尽管继而发生的暴乱是由那些煽风点火的妖精挑起来的，但毫无疑问，整个不列颠的魁地奇球迷今晚都在悲悼我们所熟悉的这种游戏的末日。

"没了筐子就会不一样。"一个苹果脸的老巫师伤心地说，"我记得我还是个小伙子那会儿，我们经常在比赛期间把它们一把火烧了，就是为了大笑一场。可你拿那些铁球门没辙，烧不了它们。一半的乐趣没了。"

《预言家日报》，1883年2月12日

~ 球 ~

鬼飞球

我们从格蒂·基德尔的日记中得知，鬼飞球从最早的时候起就是用皮革造的。鬼飞球是四只魁地奇

十四世纪以来魁地奇的演变

球当中最为独特的,最初人们并没有对它施用魔法,它不过是一只用皮革缝制的普普通通的球,通常有一根吊带(参见图5),因为运动员得用一只手抓住它,再把它扔出去。有些古老的鬼飞球上有指孔。然而,随着1875年抓握咒的发明,吊带和指孔就变得多余了,因为追球手不再需要什么帮助,一只手就能够牢牢地抓住那只被施了魔咒的皮革球。

现代鬼飞球直径为十二英寸,表面见不到缝补的痕迹。在1711年的冬天,它第一次被染成了深红色。那是在一场比赛中,天下着大雨,球一掉到泥泞的

古代鬼飞球　　　　　　现代鬼飞球

图5

神奇的魁地奇球

地上，运动员们就根本分不清哪是泥哪是球。追球手每次丢了球，都会更加恼怒，因为他们必须不断地冲向地面找回鬼飞球。于是，赛后鬼飞球被换成了红色。换了颜色后不久，女巫戴西·彭尼德又想出一个主意，给鬼飞球施上一种魔咒。如果它没被接住，它会慢慢地落向地面，就好像在水里下沉一样，追球手可以在半空中抓住它。彭尼德鬼飞球今天还在使用。

游走球

最初的游走球（或叫游游球），正如我们已经见过的那样，是飞行的石块。在蒙普斯时代，他们所取得的进步只是把石块雕成球的形状。然而，这些球形的石块有一个重大的缺点：它们会被十五世纪的击球手那用魔力加强过的球棒击碎。出现这种情况，在接下来的比赛中，所有运动员都会遭到飞舞的碎石块的追击。

很可能就是这个原因，到了十六世纪初，一些魁地奇球队开始尝试使用金属游走球。一位叫阿加

十四世纪以来魁地奇的演变

莎·查布的古魔法产品专家,识别出了不下十二个十六世纪初生产的铅制游走球,都是在爱尔兰的泥炭沼和英格兰的沼泽地里发现的。"毫无疑问,它们是游走球,不是炮弹。"她写道。

  击球手们所使用的那些用魔力加强过的球棒造成的浅浅凹痕清晰可见,人们可以看出巫师制造的明显标记(与麻瓜制造的相比)——线条光滑,对称完美。最后一条线索是:我把它们从箱子里放出来的时候,它们一个个都在我的书房里嗖嗖地飞来飞去,试图把我撞翻在地板上。

最终巫师们发现,铅制游走球太软了(只要在一只游走球上留下凹痕,就会影响它直线飞行的能力)。如今所有的游走球都是铁制的。它们的直径为十英寸。

游走球被施了魔法后,不分青红皂白,遇到哪个运动员就会追击哪个运动员。如果由着它们,它们会袭击离得最近的运动员,因此,击球手的任务就是将游走球击到离他们自己的球队尽可能远的地方。

金色飞贼

金色飞贼和胡桃一般大,与金飞侠一样。为了让它尽可能长时间地避免被捉住,它被施了魔法。有传闻说,在1884年,博德明沼地上的一只金色飞贼在球场上飞了六个月都没有被捉住,两支球队看着他们各自找球手的糟糕表现,最后厌恶地放弃了。熟悉那个地区的康沃尔郡的巫师直到今天仍然坚持认为,那只飞贼还在那片荒地上野着呢,可是我一直没能证实这个故事。

球 员

守门员

守门员这个位置自十三世纪以来一直确定无疑地存在着(见第4章),尽管它的作用从那时起已经有所改变。

十四世纪以来魁地奇的演变

根据扎亚斯·蒙普斯的说法：

> 守门员应该第一个到达门柱筐子前，因为他的任务是防止鬼飞球进到筐子里。守门员应该意识到，自己不要糊里糊涂地向球场的另一头跑，离开自己的球门太远，以免他的门柱筐子在他离开的时候受到威胁。然而，一名行动迅速的守门员也许能够得上一分，然后再及时赶回他的筐子前，阻止对方球队扳回得分。这是守门员的个人道德问题。

从这一段话中，我们清楚地看到，在蒙普斯生活的时代，守门员的作用和追球手们一样，只是还有额外的任务。他们可以满球场飞行，进球得分。

然而，等到昆厄斯在1620年写《男巫们的高尚体育运动》一书时，守门员的任务已经简单了。现在球场增加了得分区，守门员被建议留在得分区内，守护他们的门柱筐子，虽然守门员为了设法威胁对方的追球手或趁早拦截他们，可以飞出得分区。

神奇的魁地奇球

击球手

击球手的职责几个世纪以来很少有变化,可能自游走球进入这项运动以来,击球手就存在了。他们的第一项职责就是:借助球棒(早期只是一根粗糙的短棍,见第3章古德温·尼恩的信),保护他们的球员不受到游走球的攻击。击球手从来不管进球得分,也没有任何迹象表明他们接触过鬼飞球。

为了驱逐游走球,击球手需要有很好的体力。所以这个位置,与其他任何位置相比,更倾向于由男性巫师而不是女性巫师来担当。击球手还需要有极好的平衡能力,因为他们有时候必须两只手同时放开扫帚,用双手猛力地击打游走球。

追球手

追球手是魁地奇当中最古老的角色,因为曾经有一度这种游戏完全就是为了进球得分。追球手相互投掷鬼飞球,每次让鬼飞球穿过一个铁环的时候,他们就获得十分。

十四世纪以来魁地奇的演变

追球手这个角色唯一重要的变化发生在1884年,即用铁环代替筐子的第二年。那时魁地奇中引进了一条新的规则,这条规则规定:只有拿着鬼飞球的追球手才可以进入得分区。如果还有其他追球手同时进入,这次得分则被视为无效。这条规则的制定是为了阻止"夹杀"(见下文的"犯规"),其实就是这么一招:两名追球手进入得分区,把守门员撞到一边,使得一个铁环赤裸裸地暴露在第三名追球手面前。对这条新规则的反应,当时的《预言家日报》曾做过报道:

我们的追球手不是在作弊!

昨天夜里,当魔法体育运动司宣布所谓的"夹杀惩罚"时,整个不列颠魁地奇球迷的反应是——他们一下子蒙了。

"夹杀事件与日俱增,"一位疲惫不堪的魔法体育运动司的代表昨天夜里说,"我们觉得这条新规则将会消除一直以来我们看到的太过频繁的严重的守门员伤残事件。从现在起，将由一名追球手来设法击败守门员，而不再是三名追球手痛打守门员。整个魁地奇运动将会变得干净和公平得多。"

说到这里，那位体育运动司的代表被迫撤退，因为愤怒的群众开始向他扔鬼飞球。来自魔法法律执行司的巫师赶来驱散了群众，但群众威胁说要夹杀魔法部部长本人。

一个脸上长着雀斑的六岁巫师流着眼泪离开了大厅。

"我喜爱夹杀战术，"他呜咽着对《预言家日报》记者说，"我和我爸喜欢看到守门员丢人现眼的样子。我不想再去看魁地奇了。"

《预言家日报》，1884 年 6 月 22 日

找球手

担当找球手的运动员通常是一些飞行最轻巧最迅速的飞手，他们必须有敏锐的视力，还必须具备单手或不用手抓扫帚柄的能力。找球手在比赛中被

十四世纪以来魁地奇的演变

赋予了极其重要的作用,因为如果他们抓住了飞贼,就能使自己的球队反败为胜,改写比赛的结果,所以他们最可能成为对方球员犯规的目标。实际上,尽管找球手这个角色具有相当迷人的魅力——因为他们历来是球场上最优秀的飞手,但他们往往也是受伤最严重的运动员。"干掉找球手"是布鲁特·斯克林杰的《击球手的圣经》中的第一法则。

规　则

下面各条规则是魔法体育运动司在1750年成立时制定的:

1. 虽然在比赛中对运动员的飞行高度没有限制,但是运动员不得超越球场的边界。如果一位运动员飞到了球场边界之外,他或者她的球队则必须把鬼飞球拱手让给对方球队。

神奇的魁地奇球

2. 球队队长可以向裁判发出"暂停"信号。这是比赛过程中运动员唯一可以接触地面的时间。如果一场比赛已经持续了十二个小时以上,则暂停的时间可以延长至两个小时。两小时后如哪支球队没能返回球场,该球队便失去比赛资格。

3. 裁判可以判一支球队罚球。主罚球的追球手将从中心圆圈飞向得分区。除对方的守门员之外,在追球手主罚球的时候,所有的运动员必须老老实实地待在后面。

4. 可以从另外一名运动员的手里夺取鬼飞球,但是无论在何种情况下,运动员都不得紧抓另外一名运动员身体的任何部位。

5. 在出现伤残的情况下,不得有其他运动员上场替换。球队将在受伤运动员下场后继续比赛。

十四世纪以来魁地奇的演变

6.魔杖可以被带至球场①,但无论在何种情况下,都不得使用它对付对方球员、对方球员的扫帚、裁判、球或者在场的任何观众。

7.只有金色飞贼被捉住,或者经过两支球队的队长同意,一场魁地奇比赛才能结束。

犯 规

当然,规则就是"为了让人违规而制定出来的"。在魔法体育运动司的记录中,共罗列了七百多种魁地奇犯规手段。据称在1473年的首届世界杯魁地奇大赛决赛期间,所有这些犯规手段都曾出现过。然而,这些犯规手段的详细情况从来没有向魔法世界的大

---

① 任何时候都可以携带魔杖这一权利是在1692年由国际巫师联合会确立的,当时麻瓜迫害巫师的行为达到了巅峰,巫师们正计划退隐起来。

神奇的魁地奇球

十四世纪以来魁地奇的演变

众公开。体育运动司的观点是,看到这份清单的巫师"也许会获得灵感"。

我在研究写作本书的时候,能够有机会看到与这些犯规手段相关的文献资料,非常幸运。我可以保证,将它们公之于众,大众不可能从中得到什么好处。只要关于不得向对方球队使用魔杖的禁令能得到维护(这条禁令是在1538年实施的),所列的犯规手段当中有百分之九十在任何情况下都是不可能出现的。在剩下的百分之十当中,我敢说其中大多数也不会发生,即便是那些手段最卑劣的运动员也不会使用。例如:"火烧对手扫帚尾","棒击对手扫帚","斧攻对手"。这并不是说今天的魁地奇运动员从来不违反规则。下面列出十种常见的犯规手段。第一栏中是每种犯规手段的术语。

神奇的魁地奇球

名称	适用对象	详情描述
拉扯	所有运动员	抓住对手的扫帚尾巴减慢对手的速度或妨碍其前进
冲撞	所有运动员	飞行时故意撞击对手
锁定	所有运动员	用自己的扫帚柄锁死对手的扫帚柄，希望使对手偏离飞行方向
击球出场	仅限击球手	把游走球击向观众，当服务人员冲去保护那些旁观者时，比赛只得暂停。有时候为那些缺乏道德操守的运动员所使用，以此阻止对方的追球手进球得分
肘击	所有运动员	滥用胳膊肘抵撞对手

十四世纪以来魁地奇的演变

名称	适用对象	详情描述
环后击球	仅限守门员	将身体的任何部分穿过铁环击出鬼飞球。守门员应该在铁环的前方而不是在它的后方封锁铁环
握球入环	仅限追球手	鬼飞球穿过铁环的时候仍被抓在手中（鬼飞球必须被扔出去）
破坏鬼飞球	仅限追球手	对鬼飞球做手脚，比如将它刺破，这样它就会以更快的速度降落或以"之"字形路线前进
触摸飞贼	除找球手之外的所有运动员	除找球手之外的任何运动员触摸或捉住金色飞贼
夹杀	仅限追球手	不止一个追球手进入得分区

裁 判

给魁地奇比赛做裁判一度仅仅是那些最勇敢的巫师们的事情。扎亚斯·蒙普斯告诉我们，在1357年，一位名叫西普里·尤德尔的诺福克郡裁判死于当地巫师之间举行的一场友谊赛。那个发起咒语的人一直没被抓到，但是人们相信这个人就在观众当中。尽管从那时起，没再发生确凿的裁判遭杀事件，但是几个世纪以来，还是发生了几起对裁判的扫帚做手脚的行为。最危险的一次是把裁判的扫帚变成了一个门钥匙，结果在比赛进行到一半的时候，裁判被扫帚迅速带离了球场，几个月后竟在撒哈拉沙漠中出现。魔法体育运动司已经就运动员扫帚的安全问题发布了严格的规定，现在，谢天谢地，这些事件已经极其罕见。

称职的魁地奇裁判不单单是一名杰出的飞行能手，这是一个必要的条件。他或者她须同时注意十四名运动员那花样百出的飞行，所以裁判最常见的伤

十四世纪以来魁地奇的演变

残就是颈部扭伤。在职业比赛中,裁判会得到站立在球场边界四周的边裁们的协助,确保运动员和球不至飞到球场边界之外。

在不列颠,魁地奇裁判是由魔法体育运动司选出的。他们须参加严格的飞行测试和一场极难应付的书面考试,考查魁地奇运动的规则,并通过一系列强化试练,证明他们即便在强大的压力下也不会对那些唐突无礼的运动员使用咒语或让他们倒霉。

不列颠和爱尔兰的魁地奇球队

对麻瓜们隐瞒魁地奇运动的秘密是必要的，这就意味着魔法体育运动司须限制每年举行的比赛次数。尽管只要遵守适当的规则，业余比赛是可以进行的，但是职业魁地奇球队的数量自1674年建立魁地奇联盟以来一直有所限制。那时候，不列颠和爱尔兰最优秀的十三支球队被遴选出来组成魁地奇联盟，其他所有的球队都被要求解散。这十三支球队每年都举行比赛争夺联盟杯。

阿波比飞箭队

这支北英格兰球队建立于1612年。它的队袍是淡蓝色的，袍子上面装饰着一支银箭。飞箭队的球迷一致认为，他们的球队最辉煌的时刻就是1932年大败当时的欧洲冠军队弗拉察秃鹰队。那场比赛持续了十六天，比赛期间阴雨绵绵，浓雾弥漫。以往阿波比飞箭队比赛，他们的追球手一进球得分，他们的支持者就用魔杖朝空中放箭。可是1894年，一支箭刺穿了裁判纽金特·波茨的鼻子，于是魔法体育运动司下令禁止了这种老做法。从传统上看，飞箭队和温布恩黄蜂队之间的竞争一直非常激烈（见下文）。

巴利卡斯蝙蝠队

北爱尔兰最著名的魁地奇球队，迄今已赢得魁地奇联盟杯冠军二十七次，成为魁地奇联盟杯史上第二成功的球队。蝙蝠队的队员身穿黑

不列颠和爱尔兰的魁地奇球队

袍，袍子的前胸有一只猩红的蝙蝠。他们最有名的吉祥物热带大蝙蝠巴尼作为黄油啤酒广告中的主角，也是家喻户晓的形象。（巴尼说：我只是疯上了黄油啤酒！）

卡菲利飞弩队

威尔士的飞弩队组建于1402年，队员穿淡绿和猩红相间的垂直条纹队袍。该球队杰出的历史战绩包括十八次问鼎魁地奇联盟杯以及1956年欧洲杯决赛上取得的著名胜利。在那次比赛中，他们击败了挪威的卡拉绍克风筝队。该队最著名的运动员"危险的"戴伊·卢埃林悲剧性的死亡——他在希腊的米克诺斯度假时被一只客迈拉兽吃掉——导致全威尔士的巫师为此哀悼一天。现在每个赛季结束的时候，在比赛中甘冒危险、创造出最激动人心场面的魁地奇联盟杯运动员都会被授予"危险的戴伊纪念章"。

查德里火炮队

也许很多人都认为查德里火炮队的光荣时代已经结束，但是那些忠实的球迷却在期盼着它重现昨日的辉煌。火炮队先后二十一次捧得联盟杯，最后一次是在 1892 年；但自此以后，一个世纪来他们的表现都死气沉沉。查德里火炮队的队员穿着鲜橙色队袍，上面装饰着一枚疾驰的炮弹和两个黑色字母"C"。球队的口号在 1972 年以前是"我们将征服一切"，后来改成了"让我们大家交叉手指，乐观一点"。

法尔茅斯猎鹰队

猎鹰队队员身穿暗灰色和白色相间的队袍，袍子的前襟横贯着一个鹰头标志。猎鹰队以敢打敢拼著称，他们拥有闻名世界的击球手凯文和卡尔·布罗德。两人从 1958 年至 1969 年一直为该队效力，进一步巩固了球队的声誉，但两人的问

不列颠和爱尔兰的魁地奇球队

题行为使得他们被魔法体育运动司停赛至少十四次。球队的口号是:"让我们争取胜利,但如果我们不能获胜,就让我们打碎几颗脑袋。"

神奇的魁地奇球

霍利黑德哈比队

霍利黑德哈比队是一支非常古老的威尔士球队（成立于 1203 年），是世界上所有魁地奇球队中独一无二的，因为一直以来它的队员只有女性巫师。哈比队的队袍是暗绿色的，前胸上有一只金色的鹰爪图像。1953 年，哈比队大败海德堡猎犬队，人们一致认为这是他们观看的魁地奇比赛中最精彩的一场。这场比赛一连打了七天，最后哈比队的找球手格林尼·格里菲思以一招惊人的动作捉住了飞贼，结束了比赛。猎犬队的队长鲁道夫·布兰德在比赛结束时，动作潇洒地跳下扫帚，向他的对手格温多·摩根求婚，摩根用她的扫帚"横扫五星"猛击了他一下，把他打成了脑震荡。

肯梅尔红隼队

这支爱尔兰球队组建于 1291 年。他们生动活泼地展现他们的吉祥物小矮妖，同时红隼队的支持者

不列颠和爱尔兰的魁地奇球队

神奇的魁地奇球

都弹得一手漂亮的竖琴,所以他们名噪世界,广受欢迎。红隼队的队员穿鲜绿色队袍,袍子的前胸上印着两个背靠着背的黄色字母"K"。达伦·奥黑尔——

不列颠和爱尔兰的魁地奇球队

1947年至1960年的红隼队守门员,三次担任爱尔兰国家队队长,追球手的鹰头进攻阵形便是他发明的(见第10章)。

蒙特罗斯喜鹊队

蒙特罗斯喜鹊队是不列颠和爱尔兰联盟中最成功的一支球队,共三十二次获得联盟杯冠军。喜鹊队曾两次荣获欧洲杯冠军,因此全世界都有他们的球迷。他们拥有许多杰出的运动员,其中包括找球手尤尼斯·默里(卒于1942年)——她曾经呼吁"提高飞贼的飞行速度,因为现在的飞贼太容易捉到了";还有哈米什·麦克法兰(1957年至1968年担任球队队长),他在魁地奇事业上的成功一直延续到他担任魔法体育运动司司长那一段同样辉煌的日子。喜鹊队的队员穿黑白相间的队袍,袍子的前胸和后背上各有一只喜鹊。

神奇的魁地奇球

波特里骄子队

这支球队来自斯凯岛,1292年组队。正如他们的球迷们所了解的那样,该队队员身穿深紫色队袍,前胸上有一颗金色五星。他们最著名的追球手卡特丽娜·麦克玛在二十世纪六十年代领导该队,两次获得联盟杯冠军,并个人为苏格兰出战三十六次。她的女儿米格安现为该队的守门员(卡特丽娜的儿子柯利是有名的古怪姐妹巫师乐队的首席吉他手)。

普德米尔联队

普德米尔联队组建于1163年,是魁地奇联盟中最古老的球队。普德米尔联队共获得二十二次联盟杯冠军,两次大胜欧洲杯赛场,这些都是这支球队的光荣历史。该队的队歌是《孩子们,打回游走球,抛出鬼飞球》,最近由巫师女歌手塞蒂娜·沃贝克录制成唱片出售,为圣芒戈魔法伤病医

不列颠和爱尔兰的魁地奇球队

院募集资金。普德米尔联队的运动员穿海军蓝队袍，袍子上佩有该队队徽：两根交叉的金色芦苇。

塔特希尔龙卷风队

龙卷风队的队员身穿天蓝色队袍，前胸和后背上各有两个深蓝色的字母"T"。龙卷风队组建于1520年，享有二十世纪初叶那段最成功的历史。该队当时由找球手罗德里·普伦顿出任队长，他们接连五次捧回联盟杯，刷新了不列颠和爱尔兰的记录。罗德里·普伦顿共计二十二次担当英格兰队的找球手，保持着在单局中以最快的速度捉到飞贼的不列颠记录（三秒半，1921年对卡菲利飞弩队的比赛）。

威格敦流浪者队

这支来自博德斯的球队是由一位叫沃尔特·帕金的巫师屠夫的七个子女在1422年组建的。这支由

不列颠和爱尔兰的魁地奇球队

四兄弟三姊妹组成的球队，据说是一支所向披靡的队伍。他们难得有赛场失利的时候，据说这在一定程度上是因为他们的对手一看到沃尔特一手拿着魔杖一手提着一把剁肉刀站在场边就害怕的缘故。几个世纪以来，人们经常看到帕金的后人出现在威格敦的球队中，而且为了颂扬他们的祖先，他们都穿着血红色的队袍，袍子的前胸上有一把银光闪闪的剁肉大刀。

温布恩黄蜂队

温布恩黄蜂队的队员身穿黄黑相间的横条花纹队袍，前胸有一只黄蜂。黄蜂队创建于1312年，共获得过十八次联盟杯冠军，两次杀入欧洲杯半决赛。据说他们是从一次令人恶心的事件中给自己的球队命名的，这件事发生在十七世纪中叶他们对阿波比飞箭队的一场比赛期间。当时一名击球手正好从球场边缘的一棵树前飞过，这时他看到树枝间有一个黄蜂窝，就一棒挥去，把它击

不列颠和爱尔兰

的魁地奇球队

CAERPHILLY CATAPULTS 1402

CHUDLEY CANNONS CC
Let's all just keep our fingers crossed and hope for the best

MONTROSE MAGPIES

PRIDE OF PORTREE 1292

PUDDLEMERE UNITED 1163

不列颠和爱尔兰魁地奇联盟

1674 年开始

神奇的魁地奇球

向了飞箭队的找球手。那位找球手被蜇得遍体鳞伤，只得退出比赛。黄蜂队获胜了，此后他们便把黄蜂作为他们幸运的象征。黄蜂队的球迷（也被称作蜂刺）有一个传统，就是当对方的追球手主罚球的时候，便大声地嗡嗡乱叫，以分散对方追球手的注意力。

8

魁地奇普及世界

欧 洲

到了十四世纪，魁地奇运动已经在爱尔兰发展完善，这一点已被扎亚斯·蒙普斯对1385年的一场比赛所做的记述证实：

一支由来自科克的男巫组成的球队飞到兰开夏郡参加一场比赛，可实实在在激怒了当地居民，因为这支球队彻底打败了他们的英雄。那些爱尔兰人精通鬼飞球的技法，这些技法兰开

神奇的魁地奇球

夏人从来没见过。当观众拔出魔杖追赶那些爱尔兰人时,他们因为害怕送命,只得逃离村子。

各种资料表明,到了十五世纪初,这种游戏已经普及到欧洲其他地区。我们知道,挪威早就加入了这项运动(可能是古德温·尼恩的表兄奥拉夫引进了这项运动?),因为十五世纪初叶的抑扬格诗人因戈尔夫在诗中写道:

哦,我在空中翱翔,体会着追逐的战栗

飞贼在头顶飞旋,我的头发风中飘扬

我靠近了飞贼,人群发出狂呼的惊喜

一只游走球飞来,我被击倒在场地。

大约在同时期,法国巫师马勒克利在他的戏剧作品《哎呀,我把脚变形了》中写下了下面几行:

魁地奇普及世界

格勒努：今天我不能和你一起去市场，克拉波。

克拉波：可是格勒努，我自己没法带上那头牛。

格勒努：你知道，克拉波，今天上午我要去做守门员。如果我不去，谁来拦截鬼飞球？

第一届魁地奇世界杯曾在 1473 年举行，不过球队都来自欧洲各国。路途遥远的国家的球队没能出席，责任也许在两个方面：一是那些送邀请函的猫头鹰累垮了，没有把信送到；二是那些接到邀请的球队不愿意做如此危险的长途跋涉，或者可能就是喜欢待在家里不愿出门。

特兰西瓦尼亚队和佛兰德斯队之间的决赛作为有史以来最激烈的一场比赛而名垂史册，当时记载的许多犯规行为以前从来没有发生过——例如，把追球手变形为一只鸡貂，试图用大砍刀劈下守门员的脑袋；还有从特兰西瓦尼亚队队长的袍子下面放

1473年魁地奇

世界杯决赛

神奇的魁地奇球

出了一百只吸血蝙蝠。

从此以后，世界杯每四年举行一次，但直到十七世纪，才有欧洲以外的国家的球队参加比赛。1652年，欧洲杯诞生，此后每三年举行一次。

在众多超级欧洲球队中，也许保加利亚的**弗拉察秃鹰队**是最负盛名的一支。弗拉察秃鹰队曾七次获得欧洲杯冠军，无疑是世界上最令观众感到刺激

的一支球队。这支球队是远距离投球得分的先驱（在得分区外围相当远的地方就把球投出），总是愿意给新队员成名的机会。

在法国，经常获得法国联盟杯冠军的**基伯龙鬼飞球手队**，以他们夸张的表现及令人触目惊心的桃红色队袍而闻名世界。在德国，我们发现了**海德堡猎犬队**，爱尔兰球队队长达伦·奥黑尔曾说了一句有名的话：这支球队"比火龙还凶猛，比火龙还聪明"。卢森堡一直是一个魁地奇实力很强的国家，带给我们一支以优良的进攻战略、总是高居得分榜首而闻名的球队——**比冈维尔轰炸机队**。葡萄牙的球队**布拉加扫帚舰队**最近一路过关斩将，以他们那开天辟地的击球手记分系统闯入了代表这项体育运动最高水平的球队行列。波兰的**格罗济斯克妖精队**带给我们一位大概是世界上最有革新意识的找球手约瑟夫·朗斯基。

神奇的魁地奇球

～ 澳大利亚和新西兰 ～

据说，魁地奇是在十七世纪的某个时候由一群到新西兰探究神奇植物和真菌的欧洲药草学家带入新西兰的。我们听说，这些巫师在经过了一天辛苦的搜集样品之后，为了放松一下，就在当地的一个魔法村落里打起了魁地奇。当地的巫师们看得入了迷。当时，新西兰的魔法部花费了很多时间和财力阻止麻瓜们获得毛利人的艺术品，因为那些艺术品清清楚楚地描绘着白人巫师玩魁地奇的情景（那些雕刻和绘画作品现在被陈列在惠灵顿的魔法部）。

人们认为，魁地奇传播到澳大利亚是十八世纪某个时候发生的事。据说，澳大利亚也许是玩魁地奇最理想的地方，因为澳大利亚有大片渺无人烟的地区，可以在那里修建很多魁地奇球场。

澳大利亚和新西兰的球队一直以他们的速度和

表演技巧让欧洲的观众兴奋不已。其中最杰出的是**莫托拉金刚鹦鹉队**（新西兰），他们身穿著名的红黄蓝三色队袍，他们的吉祥物是一只叫作火花的凤凰。**桑德拉雷公神队**和**伍朗贡勇士队**近一个世纪以来一直在澳大利亚魁地奇联盟中独占鳌头。两队之间的仇恨在澳大利亚魔法界传得很神奇，所以后来人们听到一个不可能的断言或夸口时，普遍的反应便是："是呀，我还要自告奋勇去为下一场雷公神队与伍朗贡勇士队的对抗赛做裁判呢。"

非 洲

飞天扫帚很可能是由去非洲旅行寻找炼金术和天文学知识的欧洲巫师带到非洲的——非洲的巫师一直特别擅长炼金术和天文学。尽管魁地奇在非洲还不及在欧洲普及，但它正在整个非洲大陆日趋流行。

最突出的是乌干达，现在它已经成为一个热心魁地奇运动的国家。他们最著名的球队**佩顿加骄傲球棒队**在1986年曾和蒙特罗斯喜鹊队打成平局，这让全世界从事魁地奇运动的人们惊讶不已。六名骄傲球棒队队员最近代表乌干达出征魁地奇世界杯赛，这是从同一支球队中选出一起进入国家队飞手数量最多的一次。其他著名的非洲球队包括**查姆巴魔人队**（多哥），善于使用倒传球技术；**金比巨人屠手队**（埃塞俄比亚），两次非洲杯的冠军；**松巴万加阳光队**（坦桑尼亚），一支备受欢迎的球队，他们的整体空翻阵形让全世界的观众欣喜不已。

北美洲

魁地奇是在十七世纪初到达北美大陆的，但这个时期由欧洲传来的反巫师情绪在北美大陆极其强

魁地奇普及世界

神奇的魁地奇球

烈，结果放慢了魁地奇在北美大陆立足生根的速度。定居北美的巫师们——其中很多人原希望在这块新大陆上少遇到一些偏见——采取了非常谨慎的措施，限制了这项运动早期的发展。

然而，在后来的岁月里，加拿大带给我们三支世界上技艺最为高超的球队：**穆斯乔陨石队**、**黑利伯里椰头队**和**斯通沃尔强攻队**。陨石队在二十世纪七十年代差点被解散，因为他们坚持赛后在附近村镇上空举行庆祝飞行，而且让扫帚尾巴拖着闪烁的火焰。现在每次比赛结束后，这支球队只在赛场内举行这一传统的庆祝活动，因此他们的比赛总是吸引着大批巫师旅游者。

美国和其他国家的情况不同，没有拥有众多世界级的魁地奇球队，因为这项运动必须与美国的飞天扫帚运动"鬼空爆"竞争。鬼空爆是魁地奇运动的变种，是十八世纪的巫师亚伯拉罕·皮斯古德发明的。亚伯拉罕·皮斯古德从故乡英国带了一只鬼飞球来到美国，打算招募一支魁地奇球队。据说，

魁地奇普及世界

皮斯古德的鬼飞球不小心在他的箱子里碰到他的魔杖头，结果等到他把球拿出来，开始像往常一样把它抛出去的时候，球在他的面前爆炸了。皮斯古德是一个非常有幽默感的人，于是他当即用几只皮革球重新制造了相同的效果。很快他放弃了关于魁地奇的所有想法，他和他的朋友们开发了一项新型体育运动，这项运动的主要特征就是他重新命名的"鬼空球"能够爆炸。

在鬼空爆这项运动中，双方各有十一名运动员。队友之间相互传递鬼空球——也就是被改造了的鬼飞球，设法在它爆炸之前把它投进球场顶端的一只"小坩埚"里。任何拿着鬼空球的运动员，如果球在他手中爆炸，他就必须退出比赛。一旦鬼空球被安全地投进了"小坩埚"（一种盛着阻止鬼空球爆炸的溶液的小坩埚），那支投中的球队就获得一分，然后再将一只新的鬼空球拿到球场上。鬼空爆在欧洲作为一项只有少数人参加的运动也曾有过一段成功的日子，尽管绝大多数人仍然热衷于魁地奇运动。

虽然鬼空爆与魁地奇运动相比，魅力不相上下，但是魁地奇在美国正受到越来越多的人的欢迎。两支球队最近闯入了国际水平的行列：来自得克萨斯的**甜水全星队**，这支球队在 1993 年与基伯龙鬼飞球手队经过一场激动人心的五天鏖战后，当之无愧地获得了胜利；来自马萨诸塞的**菲奇堡飞雀队**，他们已经七次获得了美国联盟杯冠军，他们的找球手马克西·布兰奇三世在最近的两届世界杯上一直出任美国队队长。

南美洲

整个南美都在玩魁地奇，但是这项运动必须与已经在当地普及的鬼空爆相抗衡，鬼空爆在这里的普及程度和在北美一样。阿根廷和巴西都曾在上个世纪进入了世界杯四分之一决赛。南美魁地奇技术最成熟的国家无疑是秘鲁,十年内,它将崭露头角,有望成为第一届拉丁美洲国家魁地奇世界杯的冠军。人们相信秘鲁的巫师是从被国际巫师联合会派到该国的欧洲巫师那里接触到魁地奇的,这批欧洲巫师来秘鲁的目的是为了监控毒牙龙(秘鲁当地的火龙)。从那时起,魁地奇就成了当地魔法界一项令人心醉神迷的体育运动,他们最著名的球队是**塔拉波托树上飞队**。树上飞队最近环游欧洲,受到了热烈欢迎。

亚　洲

魁地奇在东方从没能得到广泛开展,因为在亚洲国家,飞毯仍然是巫师们最偏爱的交通工具,而飞天扫帚却很稀罕。像印度、巴基斯坦、孟加拉国、伊朗和蒙古这些国家的魔法部,都用一种怀疑的目光看待魁地奇,所有这些国家的飞毯贸易都很

神奇的魁地奇球

兴隆,尽管这项运动在普通巫师当中有一些狂热的爱好者。

以上这种情况中唯一例外的是日本。在上个世纪,魁地奇在日本逐步得到普及。最成功的日本球队是**丰桥天狗队**。1994年,该队惜败于立陶宛的戈罗多克滴水嘴石兽队。然而,国际巫师联合会魁地奇委员会对日本人在比赛失利的时候就放火烧他

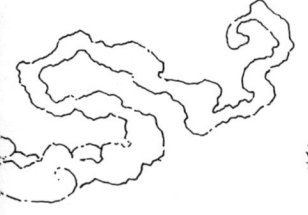

们的扫帚这一做法感到不满，认为这种做法是对优质木材的浪费。

9

比赛扫帚的发展

直到十九世纪初，人们都还是骑在质量各异的日常扫帚上玩魁地奇的。十九世纪的扫帚是对它们中世纪的老祖宗的一个重大突破；1820年，埃利奥·斯梅绥克发明的减震咒把制造更为舒适的扫帚向前推进了一大步（参见下页图6）。不过，十九世纪的飞天扫帚一般难以达到很快的速度，而且通常到了高空之后就变得难以控制。那些扫帚一般是由个体扫帚匠手工制作的，虽然那些扫帚从式样到工艺令人叹为观止，可它们的飞行功能却难与它们那美妙的外表相匹配。

一个恰当的例子就是**橡木箭79**（这样命名是因

神奇的魁地奇球

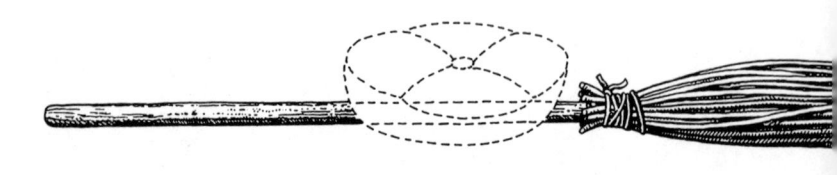

无形的坐垫

图 6

为第一把扫帚样品是1879年制造的)。橡木箭是朴次茅斯的扫帚匠伊莱亚·格里姆精心制作的一种极好看的扫帚，有一个非常粗的橡木柄，是为适合持久飞行和抵抗大风而设计的。橡木箭现在是一种非常珍贵的老式扫帚，但是骑着它打魁地奇却从来没有成功的例子。橡木箭很笨重，高速飞行时难以掉转方向。那些把扫帚的灵敏度看得比安全性更重要的人向来不大欢迎它，可它在1935年被若库达·赛克斯用为首次飞渡大西洋的工具，此壮举令它永远被人们记在心头。(在此之前，巫师们从不相信骑着扫帚可以飞越大西洋，而是喜欢乘船远渡。在距离太远时，幻影显形变得越来越不可靠，只有那些技

比赛扫帚的发展

艺高超的精明巫师才能设法用它横穿大陆。)

月之梦最早于1901年由格拉迪丝·布思比制作,体现了扫帚制作的一大飞跃。有一段时间,这些细长的白蜡木柄扫帚作为魁地奇飞行用具曾经有很大需求量。相对其他扫帚来说,月之梦的主要优点在于它能够达到以前的扫帚达不到的高度(而且在这样的高度仍然可以驾驭自如)。魁地奇运动员吵得沸沸扬扬,要求得到更多的月之梦扫帚,可格拉迪丝·布思比却无力制作,满足不了他们的需求。于是,一种新型扫帚**银箭**的问世大受欢迎;这是比赛扫帚的真正祖先,它的速度比月之梦或橡木箭快得多(顺风可达每小时七十英里),和它们一样,银箭也是一位个体巫师(伦纳德·朱克斯)的产品,也是供不应求。

新的突破发生在1926年,鲍勃、比尔和巴纳比·奥勒敦三兄弟在这一年创立了横扫扫帚公司。他们推出的首款扫帚**横扫一星**,其产量之高前所未有,作为为体育运动而特别设计的比赛扫帚投放到了市场。横扫一星转眼之间大获成功,把它以前的

神奇的魁地奇球

各种扫帚都逼进了死胡同，不到一年的时间，英国所有的魁地奇球队都骑上了横扫一星。

奥勒敦兄弟独占比赛扫帚市场的时间并不长。1929年，法尔茅斯猎鹰队的两名运动员伦道夫·凯奇和巴兹尔·霍顿成立了另一家比赛扫帚公司。这家名叫彗星贸易公司的第一种型号的扫帚是**彗星140**，在它投放到市场之前，凯奇和霍顿已经实验了一百三十九种型号的彗星扫帚。霍顿-凯奇获得专利的制动咒意味着魁地奇运动员场外得分或越位飞行的可能性小多了，因而当时彗星成了不列颠和爱尔兰众多球队优先选择的扫帚。

1934年和1937年，改进的横扫二星和三星分别投放市场，而彗星180也在1938年上市，这标志着横扫与彗星之间的竞争变得愈加激烈，与此同时，其他扫帚制造厂也如雨后春笋般在整个欧洲冒了出来。

脱弦箭于1940年进入市场，由黑森林公司的埃勒比和斯巴德摩生产。这是一种弹性很好的扫帚，虽然它的速度从来没有赶上过彗星和横扫。

比赛扫帚的发展

1952年，埃勒比和斯巴德摩生产出一种新型扫帚叫**迅捷达**。迅捷达的速度比脱弦箭快，然而它的上升能力却稍有不足，职业魁地奇球队从来没使用过这种型号的扫帚。

1955年，宇宙扫帚有限公司开发了**流星号**，这是迄今为止最便宜的一种比赛扫帚。不幸的是，它刚刚掀起一阵普及热潮，人们便发现，使用时间一长，它的速度和上升能力就会降低。宇宙扫帚有限公司在1978年破产。

1967年，光轮比赛扫帚公司的成立震惊了扫帚世界。以前人们从没见过像**光轮**1000这样的扫帚。光轮公司把老式橡木箭79的安全性和最好的横扫系列的易驾驭性结合在一起，时速达一百英里，能够在空中任何地方做三百六十度急转弯。光轮扫帚立刻得到了整个欧洲职业魁地奇球队的钟爱，随后各种型号（光轮1001、光轮1500及光轮1700）的光轮比赛扫帚在扫帚行业一直独占鳌头。

特威格90最早的生产时间是在1990年，制造商弗莱特和巴克打算用它代替光轮，成为扫帚市场

比赛扫帚的发展

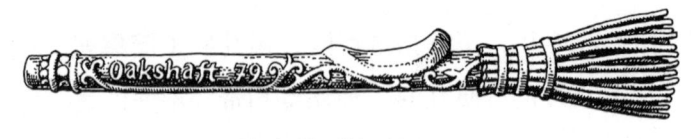

橡木箭 79 - 1879

横扫一星 - 1926

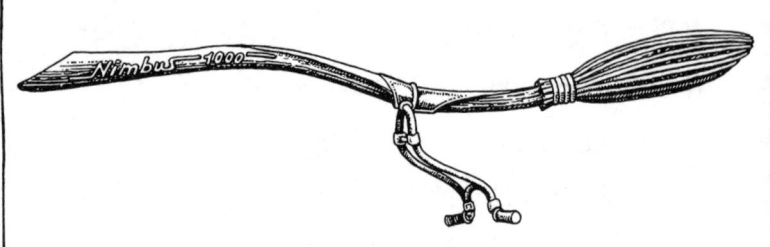

光轮 1000 - 1967

比赛扫帚的发展

的霸主。然而,尽管特威格制作极其精美,包括了许多噱头,比如嵌入了报警哨和自直尾枝,但人们发现它速度快了就会弯曲变形,所以得了一个倒霉的名声:用这款扫帚的巫师都是人傻钱多。

10

魁地奇的今天

魁地奇运动仍然让世界各地的众多狂热者兴奋不已，念念不忘。如今每一位买了魁地奇比赛门票的人保证都能目睹一场技巧极其娴熟的飞手们之间的成熟竞赛（当然，除非飞贼在比赛开始后五分钟就被捉住，如此一来，我们都会有点儿被坑了的感觉）。要想证明这一点，看看巫师们在比赛中运用的那些高难招数便可见一斑——这些招数是巫师们在漫长的魁地奇发展历史中，为了尽可能地把他们自己的事业以及魁地奇这项运动向前推得更远而发明出来的。下面所列便是其中的一部分。

神奇的魁地奇球

反击游走球

击球手反手挥动短棒击打游走球,把球击向自己身后而不是身前的一种招数。难以准确到位,但却是迷惑对手的极好手段。

双人联击

为了增加游走球的撞击力,两个击球手同时击打一只游走球,使得游走球的攻击具有更大的杀伤力。

双"8"形环飞

守门员的防御手段,通常在对付对方主罚球时使用。守门员为了抵挡鬼飞球,在三个球门铁环周围急速地转来转去。

鹰头进攻阵形

追球手组成一个箭头状阵形,一起飞向门柱,对另一方球队构成极大的威胁,而且可以有效地迫使其他运动员退到一旁。

魁地奇的今天

帕金钳式战术

这个名字来源于威格敦流浪者队那些最早的队员，人们认为是他们发明了这一招数。两名追球手从两翼逼近对方的一名追球手，而另外一名追球手迎头向他或她飞去。

普伦顿回抄术

找球手的招数：看起来漫不经心地掉转方向用袖子抄起飞贼，是以塔特希尔龙卷风队的找球手罗德里·普伦顿的名字命名的。1921年，罗德里·普伦顿在他那打破飞贼抓取记录的著名比赛中，使用的就是这种招数。尽管有一些批评家断言，普伦顿的这一招只是一种巧合罢了，但是普伦顿直到死都在坚持说他是有意这么做的。

波斯科夫战术

追球手带着鬼飞球向空中飞去，致使对方的追球手认为他或者她正在设法避开他们去得分，但是接着拿着鬼飞球的那一方追球手向下把球扔给了己方的一名正在等着接球的追球手。精确地掌握好时间是运用这一招数的关键。它是以俄罗斯的追球手彼得洛娃·波斯科夫的名字命名的。

倒传球

一名追球手将鬼飞球从肩膀上向身后的队友扔去。准确性难以掌握。

树懒抱树滚

倒挂在扫帚上，双手和双脚抱紧扫帚柄，躲避游走球。

海星倒挂

守门员的防御招数：守门员用一只手抓住扫帚柄，一只脚钩在上面，扫帚与地面平行，守门员四肢伸展（参见图7）。没有抓

图 7

魁地奇的今天

牢扫帚柄,千万不要尝试这一招。

特兰西瓦尼亚假动作

人们在1473年的世界杯上第一次见到了这种以拳相击的招数,它是以对方鼻子为目标的假动作。只要没有碰到对方的鼻子,这种招数就是合规的,其实双方正骑在急驰的扫帚上,要打准对方的鼻子也没那么容易。

伍朗贡"之"形飞行术

澳大利亚的伍朗贡勇士队改进并完善了这一招

数,它是为了甩掉对方的追球手而采取的一种以"之"字形高速前进的飞行方式。

朗斯基假动作

找球手假装看到飞贼在下面远远的地方,于是急向地面冲去,但是就在快要碰到地面的时候停止俯冲。这一动作是想让对方的找球手效仿自己,撞击到地面上。这个动作以波兰找球手约瑟夫·朗斯基的名字命名。

毫无疑问，自格蒂·基德尔第一次在魁地沼上观看"那帮傻瓜"比赛以来，魁地奇已经发生了翻天覆地的变化。假如她今天还活着，也许她也会对魁地奇那诗一般的韵味和神奇的魅力感到兴奋不已。祝愿魁地奇继续长久地发展，祝愿未来一代又一代的巫师们尽享这一最令人愉悦的体育运动！

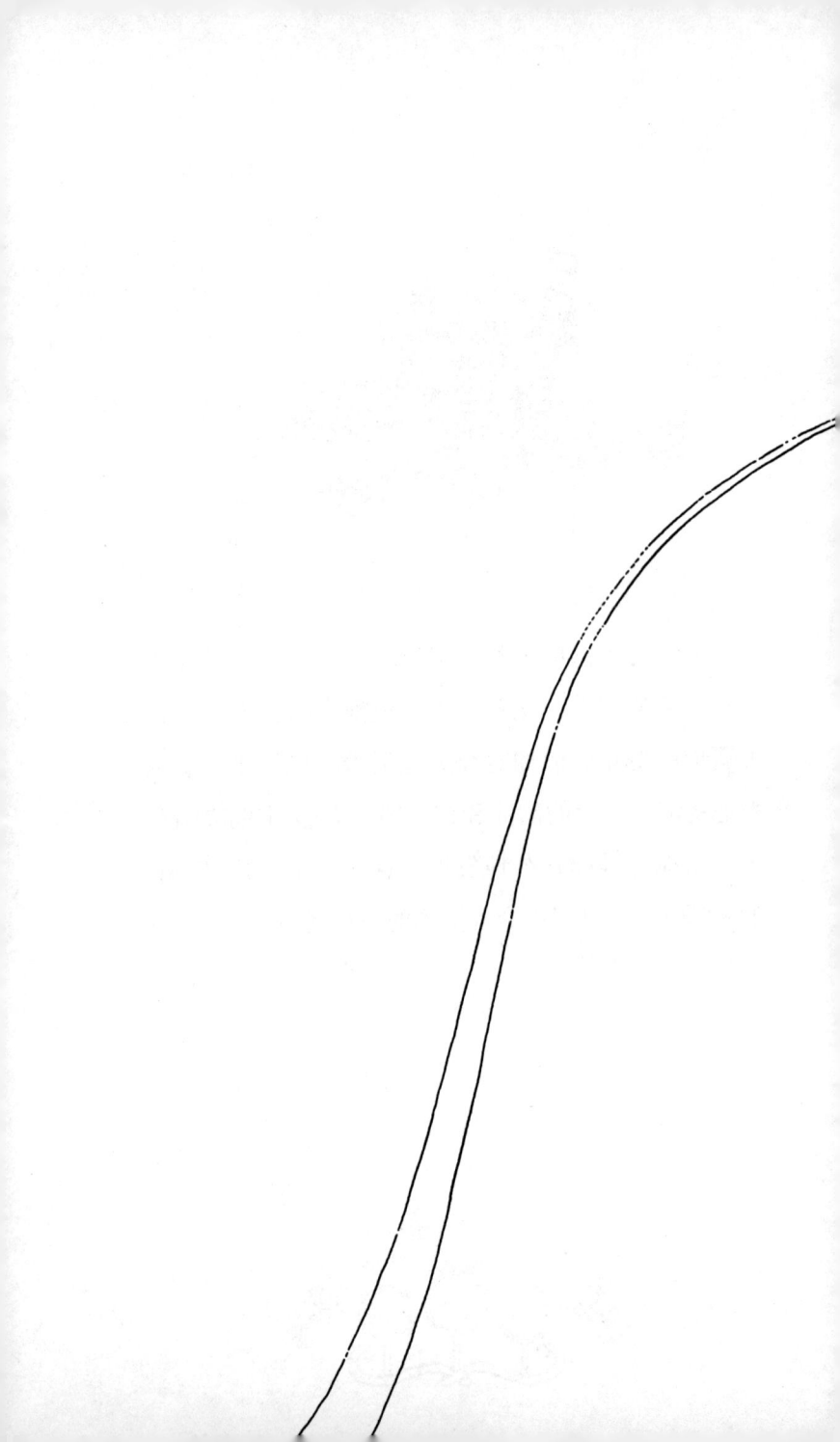

关于作者

肯尼沃思·惠斯普是一位著名的魁地奇专家（用他自己的话说，还是一名狂热分子）。他创作了多部与魁地奇有关的作品，包括《威格敦流浪者队奇迹》、《他如狂人般飞行》（"危险的"戴伊·卢埃林传记）和《击打游走球——魁地奇防御战略研究》。肯尼沃思·惠斯普把自己的时间分成了两部分。他把一部分时间花在诺丁汉郡的家中，另一部分时间花在"威格敦流浪者队本星期打球的任何地方"。他的业余爱好是西洋双陆棋、素食烹饪和搜集名贵的老式飞天扫帚。

COMIC RELIEF UK

英国喜剧救济基金会

自 2001 年以来,《神奇的魁地奇球》和《神奇动物在哪里》两本书为喜剧救济基金会筹集的款项已将近 2000 万英镑,这是一个神奇的数字,而这笔款项正在改变人们的生活。

这笔款项的一大用途,是资助全世界的儿童和年轻人,使他们更好地面向未来——为他们提供安全和健康的生活,让他们接受教育,培养他们的能力。我们尤其关注从小就在特别艰苦的条件下生活的儿童,比如处于冲突或暴力环境中的儿童,无人照管或遭受虐待的儿童。

感谢你的支持。如果你想进一步了解喜剧救济基金会,请浏览我们的网站 comicrelief.com,在推特(Twitter)上关注我们(@comicrelief),或者在脸书(Facebook)上关注我们。

"荧光闪烁"慈善组织

在全世界有八百万儿童生活在孤儿院里——尽管其中有百分之八十的儿童实际上并不是孤儿。

大多数儿童被送到孤儿院,是因为他们的父母很贫穷,没法养活他们。尽管人们设立或资助孤儿院都是出于美好的心愿,但八十多年的调查研究证明,在孤儿院成长不利于儿童的健康和发育,他们更有可能被虐待或贩卖,也很难拥有一个快乐和健康的未来。

简言之,儿童需要的是家庭,不是孤儿院。

"荧光闪烁"是由J.K.罗琳创办的慈善组织,名字来自"哈利·波特"中的咒语,这个咒语可以点亮那些最黑暗的地方,而这正是"荧光闪烁"的宗旨。我们让人们看到隐避在孤儿院中的儿童,并在全球范围内建立新的保护体系,让儿童拥有他们需要的家庭和应有的未来。

感谢你购买本书。如果你愿意加入 J.K. 罗琳和"荧光闪烁",成为我们全球变革运动的一分子,可以在 wearelumos.org 网站、@lumos 及脸书(Facebook)上找到参与方式。